Erdoğan Tanaltay

•

PORTAKAL ÇİÇEĞİ KOKAR GÖZLERİN

ISBN 975-478-160-5

Kapak: Erkal Yavi

Baskı: Yaylacık Matbaası, İstanbul

1. Basım, 1995

Tekin Yayın Dağıtım San. ve Tic. Ltd. Şti.

Ankara Cad. Konak Han 43 İstanbul

Telefon: 527 69 69 – 512 59 84 ❑ Fax: 511 11 22

ERDOĞAN TANALTAY

PORTAKAL ÇİÇEĞİ KOKAR GÖZLERİN

Şiirler

TEKİN YAYINEVİ

Erdoğan Tanaltay'ın yayınevimizde yayınlanmış kitapları:
"Sanat Ustalarıyla Bir Gün", 2. Baskı.
"Kuşlara Taş Atan Çocuk", 3. Baskı.
"Isırgan Tarlasındaki Gelincik", 3. Baskı.
"Sanat Ustalarıyla Bir Yaşam".

Suna'ma;

... Ve bir sabah gün ağarırken
Bir çiçektin sen
Morlarda
Pembelerde...

E.T.

PORTAKAL ÇİÇEĞİ KOKAR GÖZLERİN

"KIR ÇİÇEĞİM"

Bir çocuk olsaydım eğer
Konuşmayı senden öğrenirdim
İsmini söylerken kızarır
Belki de kekelerdim

Sende tanıdım gülümsemeyi
Kır çiçeğim
Sen öğrettin bana
Sevmeyi

BİR UMUTTUR ZAMAN

Hüznü gözlerinde tanıdım
Gülümsemende sevgiyi
Bilirsin
Sen varsan çiçek açar
Bozdağı'nda vişne ağaçları
En puslu günde
Mutluluktur yağmur
Ve bir umuttur zaman
Seninle

PORTAKAL ÇİÇEĞİ KOKAR GÖZLERİN

Seni tanımamıştım henüz o zaman
On yaşındaydın, belki de on bir
Birden solmuştu gül yanakların
Bir esinti miydi seni ürperten
Can evinde bir yangın
Can evinde bir ateş
Gönül çiçeğimi solduran

Sonra tanıdım seni
Yeşilin maviye kavuştuğu yerde
İlk yasemini sana aldım
Seni gördüm güneşin batışında
Sümbülteber yüreğin
Sevmeyi öğretti bana

O gün, bugün
Portakal çiçeği kokar gözlerin
Üşüsen, ürpersen bir an
İçim titrer
O küçüğü özlerim
Gül yapraklarının ardından

GÜN AĞARIRKEN

Tüm menekşeler penceremde
Mor, eflâtun, pembe
Önce seninle dost oldular
Sonra güneşle

Sen ektin sarmaşıkları
Su verdin
Gülümsemende yeşerip
Sevgine sarıldılar sessizce

Ve bir sabah gün ağarırken
Bir çiçektin sen
Morlarda
Pembelerde...

RÜZGÂRIN SESİ

Rüzgârın sesiyle geldin...
Yağmur damlasıydın mutluluk veren...
Tüm renklerinde gökkuşağının
Seni gördüm, seni tanıdım.

Bilemedim;
Nasıl, nasıl yüreğime sığdın?...

"SEVGİLİ"

Özlemimdi gönüllere varmak
Ve eğilmek bilgilere
Öğrendiğim tek sözcük
"Sevgili"

Şebboyları koklar
Erguvanları derlerdim
Hepsinde sen
"Sevgili"

Çimen türküsü gözlerin
Düşüm de sensin, hayâlim de
Tek gerçeğim
Zamanlar ötesi
"Sevgili"

SEVGİM GÜLÜMSESİN YÜZÜNDE

Seninle büyür tüm güzellikler
Yoksunum ben
Artılar sende
Eksiler ben

Mutluluklar, sevinçler sende açar
Hüzün çiçekleri bende
Yeter ki
Sevgim gülümsesin yüzünde

SARI GÜL

Sarı gül niye açar
Söğüt eğilir suya
Gelin olur kiraz ağacı
Niye kokar frezya

Yaprak neden yeşil
Deniz mavi
Geceler korku verir insana
Seni tanımadıkça

Türküler böyle yanık
Bir hüzünlü öykü
Ne Leylâ, ne Mecnun
Gönül bomboş
Seni sevmedikçe

BİR GÜLÜMSEMESİN YALNIZLIĞIMDA

Rengi var mı anıların
Kokusu, tadı
Belki soluk bir görüntü
Camda yansıyan

Ses verir mi duygular
Alacakaranlığımda çaresiz
Hüzün bulutunu kucaklar

Önce yürek yıpranır
Solar resimler yılllarla
Bilinmez, kim yırtar onları

Gönül percerem aydınlanır
Işığınla
Kaybolur umutsuzluk
Bir gülümsemesin yalnızlığımda

Ya seni sevmek?
Tek özgürlüğüm...

BİR DE SEN...

Bir puslu sabahtı
Güneş yorgun
Bulut vardı, sis vardı
Hani gökyüzü, nerde su
Ufukta kaybolan tekne
İçinde düşlerim
Ya da rengi pencerendeki sardunyanın
Belki de gülümsemen

Hani kuşlar özgürdü
Bir suskun günde
İnsanlar tutsak mı düşüncelerde
Gece mi, gündüz mü
Sihirli bir yoldur su
Belki de gülümsemen
Bir de sen

SAYILAR

On
Dokuz
Sekiz
Birbirini izler
Tüm sayılar, tüm sözcükler

Yedi
Altı
Beş
Bir solukta bir ömür
Birlikte geçen

Dört
Üç
İki
Ve seninle ben.

SENİN ADINI VERDİM RENKLERE

Senin adını verdim renklere
Beyazından pembeye
Sarı-Sen
Mavi-Sen
Eflâtun-Sen

Senin adınla seslendim
Gonca güle
Erik dalındaki çiçeğe
Menekşeden sümbüle

Adınla nefes aldım
Kalbim çarptı seninle
Düşüm de Sen
Tek gerçeğim de ...

SENİNLE

Gül sensiz açar mı
Renklenir mi çiçekler sensiz
Seninle nefes alır
Portakal çiçeği kokar
Doğduğun şehir

Kuş uçmayı senden öğrenir
Bülbül ötmeyi
Sana özenir
Yuva kurar kırlangıç

Sevgi, aşk, dostluk
Yalnızca birer sözcük
Sende gülümser
Anlam kazanır seninle

SEN VARSIN

Güneş doğarken
Bir pembelik gülümser ya
Bilir misin
Ufukta... Sen varsın

Bir buğu sarsa evreni
Ne gam
Bir serin rüzgâr eser ya
Gönlümde... Sen varsın

Yaprak niye mi yeşil
Gök mavi
Ya dualarım ?
İçinde... Sen varsın

SEVGİ BİR RÜZGÂRSA

Sevgi bir çiçekse eğer
Senin toprağında büyür
Türkünle sulanır
Gonca verir gülümseyişinde

Bir rüzgârsa sevgi
Dokunuşu yağmurun cama
Kendi sesindir
Dinle ...

Belki düş belki rüya
Bir umutsa sevgi
Uzaklarda arama
Gönlünde...

ARMAĞAN

Bir kucak dolusu bulut
Bir de uçurtmam
Renkli
Ta çocukluğumda kalan
Belki de mavi gökteki izi
Ve bir yaşam
Duyguları seninle yüklü
Tüm armağanım
Sevgili...

İÇİNDE SEN VARSAN EĞER

Bir bulut göz yaşlarımı taşır
Bir nefes olursun rüzgârla
Düşüncelerim, duygularım saçılır
Yaprak yaprak

Gülümsemen bir büyü
Gönlümdeki düğümü çözer
Mehtabı seyretmek istersem
Gözlerine bakmam yeter

Bir tılsımdır sözcükler
Sana seslenirken
Rüyalar, düşler ne güzel
İçinde sen varsan eğer.

DUYGULAR SENSİZ

Tüm resimlerini
Gönül çekmeceme kilitledim
Tükenir mi ışığın
Karanlığında gecemin

Rüyalarım, düşlerim...
Nasıl girdin içlerine
Benden habersiz

Ya sevdalar
Niye ürkek bu kadar
Kuruyan bir pınar
Duygular sensiz

GÖKKUŞAĞINA SARDIM SEVDAMI

Pembe, mor kuşlar
Gölgesinde kirpiklerinin
Buğu yüklü bir pınar
Uzaklara dalmış gözlerin

Yorgun bakışlarını
Mavi düşler kuşatmış
Kim, nasıl varabilir
Ardındaki vurguna

Kocaman bir acı mı
Dudaklarındaki tebessüm
Gönlün nerede, sen nerdesin

Bulutlarla kucakladım
Gökkuşağına sardım sevdamı
Sana uzattım

DÜŞ BULUTU

Bulutlar yalnız
            Bulutlar mutsuz
Seni görmeyince

Türkü söylemez balık
            Mavi sabahında tedirgin gecenin
Sen olmayınca

Bulutlar deniz
Denizler bulut
Ve ben
Bir düş bulutunda seninle

PEMBELEŞİR MOR DÜŞLER

İçinde sen varsan eğer
Pembeleşir mor düşler
Gülümsersen yanı başımda
Hayat yaşanmaya değer

PAPATYA FALI

Seviyorum...
Seviyorum...
Seviyorum...
....
Seviyor.

HATIRA DEFTERİM

Yıl 1956
Seni tanıdım, sevdim seni
....
Yıl 1995
Seni seviyorum

Öncesi yok defterin
Ya sonrası ?..

HATIRLA ; NE OLUR ...

Yine gelirsen Aya İrini'ye
Bir yaz günü
Ne olur; Elgar'ı dinle
Ve bir viyola sesinde
Hatırla beni

Bir hüzün bulutu
Kacaklasın tüm kubbeyi
Keman telinde bir ürkek kumru
Duygularımla yüklü
Ne olur; hatırla

Gerek yok bir tek sözcüğe
Bilirim; dilinin ucunda
Göz yaşın ıslatmasın gönlünü
Zaman dursun; ne olur
Gülümse sevdiğim

SENİ SEVMEK TEK UMUT

Ne kadar zor
Özgürlük,
Eşitlik, Adalet
Sesini duyurması insanın
Dost bulmak, derman istemek
Ne kadar zor
Uyumak kuşkudan uzak
Mutlulukla uyanmak
Yeniden doğmak ışıyan güne
Ne kadar zor

Seni sevmek
Tek umut...

SEVGİ ORADAYDI, AŞK ORADA

UMUT

Gönlüme dolandı karanlık
Gece
Kim kapattı perdemi
Umut girmiyor içeriye

GECE

"Sevdiğim;
Göz yaşlarım da senin için,
Gülümsemem de..."

Gece...
Ne sihirli, ne gizemli bir sözcük
Sanki bir sesleniş, bir müzik
Sevgilinin dilinde

Gece...
Sevgi onda boy verir
Güzellikler, tutkular onunla büyür
Yarınların anıları hemen bitişiğinde

Gece...
Gün ışığı silinmiş sakince
Bir uykunun öncesinde renkler
O ne?
Yıldız olmuş çiçekler
Gülümser sessizce
Bir lâcivert örtünün ardında
Ruhumuzun türküsünü söyler
Tüm sevdiklerim belki de

Gece...
Bir karanlık, bir çığlık
Bitmeyen tünelin ucunda
Soluk bir ışık
Bir ses, bir renk arıyorum
Nerdeyim; kim bilir?
Belki varım, belki de yok

Gece...
Bir korkusun sen
Sonsuzluğunda hiçliğin
Bilinmeyen...

"by - pass"

Erguvanlar çiçek açar gönlünde
Bir tutkudur
Çilek kokar gözlerin
Gelin olur kiraz ağacı
Gülümseyişinde

Birden karardı gökyüzü
Nereden çıktı bu bıçak
Nasıl saplandı bağrıma
Kalbim paramparça

Damarlarım oluk oluk
Yapışır mı kırılan cam
Belki bir kurtuluş, bir umut
Uzattığın karanfil
Sevginle

SEVGİ TARLASI

Bir renk
Bir ışık
Bin demet
Salınan gelincik
Kocaman bir gülümsemeydi
Sevgi tarlasında

SEVGİ ORADAYDI, AŞK ORADA

Sıcaktı...
Hava sıcaktı, kum sıcak
Gökten güneş yağıyordu
Bulutlar... yoktu

Denizin serinliğine uzanıyordu iş.
Ve bir adam, bir kadın
Kucak kucağa
Tektiler
Tek vücut, tek düşünce
Tek duygu
Sevgi oradaydı, aşk orada

Adamın saçları vardı fışkıran
Altın sarısı
En güçlü kollar onundu
Ağaç olan, dal olan
En geniş omuz
Kocaman bir yürek tutku dolu
Bacakları, ya bacakları
... Yoktu

Bir çiğ damlasıydı kadın
Güneş gözlerine doğar
Tenine yansırdı ay ışığı
En susuz günde
Umut veren bir pınar
Bir mabedin sütunları
Suda uzayan
Kolları, ya kolları
... Yoktu

Sıcaktı...
Hava sıcaktı, kum sıcak
Gökten güneş yağıyordu
Bulutlar... yoktu
Sevgi oradaydı, aşk orada

ATEŞLER VE GÜLLER

"Sevgili Asım Bezirci'ye"

Kavruldu insanım
Savruldu emekler dört bir yana
Bir vurgun yedi akıl
Duygular yorgun

Nerede kaldı Sevgi Prensesin
Sen nerede
Düşünceler çırıl çıplak
Sözler cesur
Yürekler niçin korkak

Kavruldu insanım
Savruldu sevgiler
Ateşler bir yana
Güller bir yana

CANANA

"Sevgili Fatoş'a"

Bir sarı pembe çiçekti Canana
Koparılmadan önce toprağından
Belki özgür bir gelincik
Sonra bir göçmen kuş
Uçtu gitti Drina'dan
Konakladı büyük şehrin ışıklarında

Kendi kurdu yuvasını yoklukla
Hırçındı esen rüzgâr
Ayrık otları acımasız
Yine de eğilmedi... Küsmedi...
Kök saldı, boy verdi
Çiçek açtı Canana

Ne yıllar,
Ne de sevgisizliği insanın
Soldurmadı yüzündeki gülümsemeyi
Yalnız bir hüzün bulutu
Silinmedi... Yok olmadı
Gönlündeki Bosna'dan

ÇİMEN TÜRKÜSÜ

Adın Billûrsu
Ya gönlün?
Çimen türküsü

ÇAĞLAYAN

Önce bir duygu seliydi
Uzaktan, çok uzaktan
Bir hayâl, bir düş
Duygu pınarımı yansıtan

Sonra bir çığlık
Derininde yüreğimin
Kesin, korkak, çaresiz
Çağlayan

Cevapsız kalmadı çağrı
Bir taş parçasıydım artık
Birlikte düştük yuvarlanan sularla

Birlikte kaybolduk sonsuzda
Yalnız, cesur, acımasız
Çağlayan

HATMİ ÇİÇEĞİ

Ressam Orhan Ersoy'a

Bir hatmi çiçeğiydi
Sevgi dolu
Bulut bulut katmerli
Bir dost fırçasından
Pembesi, turuncusu, moru

Geldi yerleşti duvarıma
Gönlümde renklendi hatmiler
Bir gülümsemeydi
Rüyalı çocukluğumdan
Hülyalı çocukluğumdan

Bir başka açardı penceremde sardunya
Fesleğenim, odamdaki ıtır
Ya gülüm, al gülüm
Sizleri tanımasını isterdim
Sevdiğimin

Zehra Teyze'min yüreğince
Sonsuza uzanan bir yol
O küçücük bahçe
Elmaya özenir, pembeleşir armudum
Şimdi kimseler bilmez

Yaz mı açarsın, güz mü?
Hatmi çiçeğim
Gece mi kokarsın, gündüz mü?
Saçlarına takmak isterdim seni
Sevdiğimin...

"ÇILGINLIK BU..."

Türküsünü dinlemek isterim
Sevgili söğüt ağacının
Bu hüzün niye?
Rüzgâr mı alır götürür derdini,
Sular mı yıkar?

Söğüt ağacıma anlatamam
Bir sevimli gölgenin
Korkulu düşlerden uzak
Nasıl saklanırım ardına

Bir ezgiyi kucaklamak
Ya da sevgiliyi
Tüm bir yaşam
Tutkuyla
Belki de çılgınlık bu...

MERSİN BAHARI

Müjgân dosta

Mersin'e bahar gelir
Ürperir portakal çiçeği
Jülyet halkının sevdalısı
Gönül dosta seslenir
Aşk der, sevgi der
Nurlanır yürekler

Suna - Erdoğan

BİR DUYGUSUN GÖRDES

Bir tarihsin, bin öykü Gördes
Kimleri tanıdı uğuldayan kızılçam
Pers'i, Makedon'u, Romalısı
Yüzyıllar ötesinden bir ses
Kimler soluk aldı
Kekik kokulu rüzgârından
Yorgun düştü Bizans
Su içti pınarından

Selçuk sarıp kucakladı seni
Öz oğluydun Saruhan'ın
Sonra siz, biz...
Sanki Yunan eksikti
Ve bir hazin türkü
Gördes kızı Makbule
Can verdi, kan verdi
Şimdi gökte gülümseyen ay yıldız

Bir başka öter gugukçuk
Gördes'in yaylasında
Dağ çiçekleri, kır çiçekleri
Henüz mevsimi değil
Ayvanın tadı buruk
Narının rengi
Sevdiğimin dudağında

Bir kilimsin, bir örtü
Güzelimin dizinde
Mavisi
Bir çocuğun gözleri
Sarısı kırından, toprağından
Ağacından, yaprağından yeşili
Bir duygusun yüreğimde Gördes
Eflâtunu bizden
Özlemi gönlümüzden

GÜLÜN ADI

Yitirilmiş bir öykü
Karanlığında yüzyılların
Bir yanık evren
Duman, gölge, sis
Vurgun yemiş balıklar
Kuşlar sessiz

Işıdı bir yücelik
Gülümsedi Yaratan
Pespembe
Renk verdi denize, göğe
Yaprağında umut yeşili
Bir goncada gizli
Tüm sihir, tüm güzellik

Bin tutku gülün adı
Gülün adı bir sevda
Umutsuz göz bebeğinde
Yanıp sönen pırıltı

Bir susuzluk kadife ten
Düş dünyasında tek gerçek
Sonsuz yolculukta bir ışık
Gülün adı "Sen"

AŞK ÇİÇEK AÇAR SENİNLE

"Edvard Munch'un Çığlığı"

Tüm güzellikleri yeryüzünün
Sevecenliği, dostluğu
Bir buğu olmuş
Sarmış sarmalamış yüreğini
Gülümser seninle

Kır çiçekleri
Isırgan tarlasındaki gelincikler
Acılar, hüzünler
Ay ışığı aydınlatmış yüzünü
Boy vermiş sessizce

Renk olmuş, ışık olmuş
Karanlıklar üstünde
Bembeyaz örtü yaşam
Bir kara sevda
Yeşerir gönlünce

Sevginle büyür zaman
Kederin, korkun
Çözülmez bir düğüm
Bir çığlıktır gülümsemen
Aşk çiçek açar seninle

BİR DAMLA SU

Uzaktan, çok uzaktan
Bir sesleniş, bir soluk
En derin kuyuda taşın
Tükenmeyen yankısı
Sanki bir sihir, bir giz
Alabildiğine sessiz

Uyanır doğa, canlanır yeşil
Kuş kanadında renklenir tutku
Umut olur ışık
Bir yürek özlemle çarpar
Selâm sarmaşık
Merhaba gülümseyen kumru
Hoş geldin bahar

Kucaklar seni bilinmez
Korkarsın...
Ses verir sonsuz
Duyguların selinde
Sonra çözülür büyü
Bir ritm, bir dans
Yankılanır keman, titreşir flüt

Bir sağnak bu güzellik
Genç kız tazeliğinde
Tüm soluklar birleşir
Bir haykırış, bir çığlık
İçinde lâv, gönlünde coşku
Aşk mı, sevgi mi; bilinmez
Çağlayan olur, deniz olur
Bir damla su

"SEVGİ BU..."

Havayı, suyu, denizi
Ve ekmeği
Seninle paylaşmak
Sevgi bu

İlle de özgürlüğü

SESLENİŞ

Bulutları kucaklar mısın incitmeden
Geçebilir misin
Gökkuşağının altından sessizce
Belki bir gönül yoludur bu
Paylaşmanın peşinde

Tüm sessizliğinde gecenin
Bir yıldız gülümserse uzaktan
Göz kırparsa yürekten
Bil ki
Sesleniyorum sana

GÜLÜMSEDİN, TANIDIM

Gökkuşağında seni aradım
Yorgun bulutlara sordum
Umutsuz
Yaprakları sessizdi
Cevap vermedi kiraz ağacım

Mevsim kıştı, ya da bahar
Bir kır çiçeğiydin gönlümde
Gülümsedin, tanıdım

PEMBE GÜLSÜN

Güzelliği sende gördüm
Sende tanıdım iyiliği
Sırasında bir kumru
Bir kartalsın kimi zaman

Sende açar kiraz çiçekleri
Doğruyu savunursun gönlünce
Ve sevdiğim
Pembe gülsün
Gözlerinin içi gülünce

İÇİNDEKİLER

PORTAKAL ÇİÇEĞİ KOKAR GÖZLERİN

"Kır Çiçeğim" 9
Bir Umuttur Zaman 10
Portakal Çiçeği Kokar Gözlerin 11
Gün Ağarırken 12
Rüzgârın Sesi 13
"Sevgili" 14
Sevgim Gülümsesin Yüzünde 15
Sarı Gül 16
Bir Gülümsemesin Yalnızlığımda 17
Bir de Sen 18
Sayılar 19
Senin Adını Verdim Renklere 20
Seninle 21
Sen Varsın 22
Sevgi Bir Rüzgârsa 23
Armağan 24
İçinde Sen Varsan Eğer 25
Duygular Sensiz 26
Gökkuşağına Sardım Sevdamı 27
Düş Bulutu 28
Pembeleşir Mor Düşler 29
Papatya Falı 30
Hatıra Defterim 31
Hatırla; Ne Olur 32
Seni Sevmek Tek Umut 33

SEVGİ ORADAYDI, AŞK ORADA

Umut 37
Gece 38
"By -Pass" 40
Sevgi Tarlası 41
Sevgi Oradaydı, Aşk Orada 42
Ateşler ve Güller 44
Canana 45
Çimen Türküsü 46
Çağlayan 47
Hatmi Çiçeği 48
"Çılgınlık Bu..." 50
Mersin Baharı 51
Bir Duygusun Gördes 52
Gülün Adı 54
Aşk Çiçek Açar Seninle 55
Bir Damla Su 56
"Sevgi Bu..." 58
Sesleniş 59
Gülümsedin, Tanıdım 60
Pembe Gülsün 61